AF399801

Dom Juan

FichesdeLecture.com

Dom Juan
(Fiche de lecture)

I. INTRODUCTION

Rapidement rédigé, le *Dom Juan* de Molière fut représenté pour la première fois le dimanche 15 février 1665 au Théâtre du Palais Royal et fut vivement applaudi. Cette pièce fait suite à l'interdiction de *Tartuffe*, du même auteur.

II. STRUCTURE DE LA PIÈCE

Acte I

Après l'éloge burlesque du tabac par Sganarelle, valet de Dom Juan, la pièce s'ouvre sur une conversation entre celui-ci et Gusmon, écuyer de Done Elvire. Ce dernier ne comprend pas pourquoi le maître de Sganarelle a abandonné Elvire après l'avoir enlevée de son couvent et épousée. Sganarelle lui explique alors que Dom Juan est un libre penseur, un « épouseur à toutes mains », « grand seigneur méchant homme ». **(Scène 1)**

C'est alors qu'entre en scène Dom Juan, qui confie à son valet qu'intéressé par la seule conquête, il ne peut s'attacher à aucune femme (inconstance de l'amour) et que, tels les grands conquérants, il rêve de succès sans cesse renouvelés. Lassé de Done Elvire, il envisage désormais une nouvelle « entreprise amoureuse » ; il s'agit d'enlever une femme au cours d'une promenade en mer avec son fiancé. **(Scène 2)**

Done Elvire apparaît, en colère et attristée. Elle reproche à Dom Juan de l'avoir trahie. Ce dernier lui répond avec hypocrisie et cynisme. Done Elvire le quitte en appelant sur lui la punition du ciel et en le menaçant de sa vengeance. **(Scène 3)**

Acte II

L'Acte 2 met en scène Dom Juan dans sa nouvelle « entreprise amoureuse ». Alors qu'il souhaite enlever Charlotte, une jeune paysanne, une bourrasque retourne sa barque et il ne doit la vie qu'à l'intervention de Pierrot, le fiancé de la jeune femme. À peine sec cependant, il entreprend de séduire Charlotte et lui promet le mariage. Hésitante d'abord, la paysanne se laisse tenter par la promesse de devenir une dame noble. Mais Pierrot revient et se fâche contre Dom Juan qui baise la main de Charlotte. Il doit quitter la scène sous les soufflets de Dom Juan. Sganarelle tente de s'interposer mais il reçoit alors des coups qui ne lui étaient pas destinés. Apparaît Mathurine, une autre paysanne séduite par Dom Juan. Les deux jeunes femmes se jettent l'une à l'autre les promesses de mariage qu'elles ont reçues de Dom Juan. Celui-ci va de l'une à l'autre pour les assurer de son amour, tandis que Sganarelle tente de les détromper. Soudain, un valet vient avertir Dom Juan que des hommes armés sont à sa poursuite. Il s'enfuit donc.

Acte III

Afin d'échapper à leurs poursuivants, Dom Juan et Sganarelle, le premier en habit de campagne et le second en robe de médecin, cheminent à travers la forêt. Cela amène Dom Juan à déclarer qu'il ne croit pas plus en Dieu qu'en la médecine, qui n'est selon lui qu'un tissu d'absurdités Sganarelle, outré, tente en vain de lui démontrer l'existence de Dieu **(scène 1).** Alors qu'ils sont perdus, un pauvre homme leur indique le chemin. Dom Juan lui propose un louis d'or s'il accepte de blasphémer ; l'homme s'y refusant obstinément, Dom Juan finit par lui donner une pièce « pour l'amour de l'humanité » **(scène 2).**

Des bruits d'épée se font entendre. Dom Juan porte alors secours à un gentilhomme attaqué par trois voleurs. Il s'agit de Dom Carlos, un frère d'Elvire **(scène 3).** Dom Juan ne révèle pas son identité ; mais lorsque survient Dom Alonso **(scène 4),** un autre frère d'Elvire, lui le reconnaît. Dom Carlos persuade son frère de remettre sa vengeance à plus tard, puisque Dom Juan lui a sauvé la vie. Ce dernier promet à Dom Carlos d'être à ses ordres lorsqu'il le souhaitera.

Restés seuls, Dom Juan et Sganarelle aperçoivent dans la forêt le tombeau d'un Commandeur tué en duel par Dom Juan quelques mois auparavant. Celui-ci, se défiant du mort, l'invite à dîner par bravade. La statue incline la tête, indiquant qu'elle accepte l'invitation **(scène 5).**

Acte IV

Le même soir, Dom Juan attend son dîner chez lui. Les visites se succèdent alors. Apparaît d'abord son créancier M. Dimanche qui, ne pouvant parler tellement Dom Juan le couvre de compliments, ne trouve pas un instant pour réclamer son dû, et est expédié dehors avant même d'avoir retrouvé ses esprits. Surgit alors Dom Louis, le père de Dom Juan, qui reproche à son fils sa conduite déshonorante, indigne d'un gentilhomme. Son fils ne lui répond que par des répliques insolentes **(scène 4)**. Enfin, c'est au tour de Done Elvire de se présenter. Touchée par la grâce, elle vient demander à Dom Juan, avant de retourner au couvant, de renoncer au vice et de songer à son salut, en vain. Cependant, Dom Juan ressent à nouveau de l'attirance pour elle et peine à la laisser partir. Finalement, il se met enfin à table, sans penser un instant à sa dernière invitation : la Statue du Commandeur. Celle-ci se présente et l'invite à dîner le lendemain. Dom Juan reste impassible.

Acte V

Le dernier acte s'ouvre sur Dom Juan annonçant sa récente conversion à son père. Touché par ce revirement, le vieillard s'en réjouit, de même que Sganarelle. Cependant, Dom Juan le détrompe vite en lui vantant les avantages de l'hypocrisie et d'une fausse dévotion. Arrive Dom Carlos : celui-ci vient demander à Dom Juan de rester fidèle à sa sœur Elvire. Mais au nom de sa prétendue conversion, Dom Juan déclare leur mariage contraire à la vie pieuse qu'il veut désormais mener ; il refuse également de se battre en duel.

Survient un spectre d'une femme voilée qui lui demande une dernière fois de se repentir. Alors que Dom Juan tente de frapper le spectre de son épée, celui-ci disparaît. Intervient alors la Statue du commandeur qui vient lui rappeler sa promesse et, ne pouvant venir à bout de son incrédulité, l'entraîne avec elle en Enfer. Sganarelle reste seul et se lamente en exigeant ses gages.

III. ANALYSE DES PERSONNAGES

Dom Juan

C'est un personnage à multiples facettes. C'est d'abord un personnage transgressif et**dans la démesure** : athée, il utilise l'hypocrisie religieuse pour dissimuler ses inconduites. Trompeur cynique, il séduit les femmes puis les délaisse. Il sait parfaitement exploiter les faiblesses humaines, tout en cherchant à échapper aux conséquences sociales de son comportement.

Pour autant, une ambiguïté persiste et il ne faudrait pas le réduire à l'image de séducteur qui a fait son renom. Malgré sa ruse envers les femmes, sa cruauté envers son père ou les petites gens, il apparaît néanmoins comme quelqu'un de spirituel, courageux (il porte secours au frère d'Elvire) et qui va jusqu'au bout de ses convictions. C'est de plus un virtuose du langage.

Il transgresse aussi bien les règles sociales que familiales, de même que celles de la religion. « Deux et deux sont quatre », voici son leitmotiv ; l'acte V nous montre à quel point il est incapable de se repentir. Ce refus des règles établies et la volonté de penser par lui-même en font un personnage presque **moderne**, **un libertin** en tout cas, au sens historique du terme, à savoir un libre-penseur qui refuse les règles établies, les dogmes (dont la croyance en Dieu), mais également qui s'adonne aux **plaisirs** charnels. D'ailleurs, le latin *Libertinus* fait référence à un esclave libéré.

Sganarelle

C'est un personnage fondamental de la pièce, le **valet de comédie**. Peut-être est-ce pour cela d'ailleurs que Molière le jouait lui-même sur scène ! On peut voir en lui un double de Dom Juan, un peu à la manière de Sancho Pança aux côtés de Dom Quichotte. Il est d'abord un **homme du peuple**, à travers son langage, ses difficultés à soutenir un raisonnement philoso-phique, son côté poltron et menteur, mais surtout à travers ses superstitions religieuses. Il met d'ailleurs le « Moine bourru » (associé à la sorcellerie et au surnaturel) au même niveau que Dieu (Acte III, scène 1). S'il lui arrive parfois de prendre la défense du « petit peuple » au cours de la pièce, il est cependant très dépendant de son maître financièrement. D'ailleurs ses répétitions de « mes gages ! » montrent à quel point l'argent est vital pour lui.

Aux côtés de Dom Juan, il incarne la **partie « corporelle » du duo**. Ainsi il fait l'éloge (paradoxale) du tabac (Acte I, scène 1), montre tous les signes physiques de la peur dans ses habits de médecin (III, 5), mange avec appétit (IV,7) et développe une gestuelle très présente sur scène, qu'il reçoive des gifles, tombe, ou repousse M. Dimanche.

Sa relation avec son maître est curieuse dans la mesure où affirme le détester dès le début de la pièce. Il oscille en fait entre fascination pour Dom Juan et difficulté à gérer les transgressions de ce dernier, dont il réprouve les caprices.

Enfin, il apparaît souvent comme le **défenseur de la religion**, cherchant à convaincre son maître de l'existence de Dieu et de la nécessité de bien se comporter moralement pour éviter l'Enfer. Malgré tout, Sganarelle est surtout conditionné par la religion populaire, mêlée comme nous l'avons vu de superstitions, où la peur domine et où la moralité est bien souvent dépassée par des intérêts plus immédiats : « mes gages ! ». Il est finalement un très mauvais défenseur de la religion...

Done Elvire

C'est elle qui donne à Dom Juan un ultime avertissement. Noble dans ses sentiments, elle aime sincèrement Dom Juan, qui lui méprise sa douleur. La scène 3 de l'Acte I (tirade d'Elvire) nous en apprend plus sur sa personnalité.

Elle y brise les convenances, prise par la passion (elle ne s'est pas changée, par exemple, puis va jusqu'à le tutoyer).C'est une femme outragée qui s'exprime ici. Elle incarne les femmes trompées par Dom Juan (dans un célèbre poème de Baudelaire, *Don Juan aux Enfers*, c'est d'ailleurs la seule figure féminine clairement identifiée).

Dom Louis

Le père de Dom Juan a une haute image de ce qu'il doit à son rang, et à la morale. C'est le type même du "père noble", et sa noblesse morale, l'amour sincère qu'il éprouve pour son fils, sa dignité en font un personnage touchant. Mais il a peu de place dans la pièce : deux scènes seulement, (IV, 4 et V, 1). Dans les deux cas, il n'a pas le dessus et montre surtout sa faiblesse. Dom Juan n'a aucune estime pour lui, au point qu'il déclare dans l'Acte IV, scène 5 :"Il faut que chacun ait son tour, et j'enrage de voir des pères qui vivent autant que leurs fils. »

IV. THÈMES

Le couple maître-valet

Les deux protagonistes principaux sont presque toujours en scène, et ensemble. Leurs rapports sont donc fondamentaux dans la pièce. L'un comme l'autre permettent de révéler des aspects de la personnalité de l'autre. Cela va même plus loin en leur permettant de se révéler eux-mêmes.

Si la distribution précise que Sganarelle est le valet de Dom Juan, en fait il se révèle être davantage un auxiliaire, voire son homme de confiance. Parfois même il va jusqu'à « dire ses quatre vérités » à son maître. On remarquera que jamais dans la pièce Sganarelle n'est amené à accomplir une tâche domestique auxiliaire. C'est bien un **lien d'interdépendance** qui caractérise leur relation, car Dom Juan a besoin d'un faire-valoir et d'un témoin, tandis que Sganarelle est économiquement dépendant de son maître. Cela conduit la pièce à des sentiments variés, parfois extrêmes ; il en va ainsi de ce que ressent Sganarelle pour son maître, de l'admiration au ressentiment. Mais malgré leurs relations amicales, le valet reste bien l'inférieur de Dom Juan.

Le mythe de Dom Juan

La pièce de Molière s'inscrit dans la **lignée des réécritures** autour du personnage de Don Juan. Notons d'ailleurs que l'écrire avec un « M » (Dom) est faire référence au texte de Molière ou à Baudelaire. Pour l'opéra de Mozart, on parle plutôt de Don Giovanni. Le reste du temps, l'écriture commune est Don Juan. La légende de Don Juan remonte au Moyen Âge. Elle apparaît pour la première fois en littérature dans la pièce *el Burlador de Sevilla* (1630) attribuée à Tirso de Molina. Depuis des artistes de tous bords ont repris le mythe à leur façon, et sous toutes les formes de création : littérature (romans, théâtre, poésie), cinéma, musique (opéra, comédie musicale), bande dessinée... Le personnage évolue selon les auteurs, même si les thèmes de fond restent les mêmes. L'attrait pour les femmes, le penseur libre, le défi à Dieu... Aujourd'hui encore le mythe est en réadaptation. On peut citer Éric-Emmanuel Schmitt qui a remis Don Juan en scène ces dernières années. La liste est longue, mais on peut retenir quelques noms de personnes qui ont travaillé ce personnage : Lord Byron, Corneille, Apollinaire, Edmond Rostand, Baudelaire, Montherlant, Handke...

Molière cependant reprend quelques **invariants** que l'on retrouve chez tous ces artistes (et c'est pour cela que l'on parle du mythe de Don Juan) : un homme de la classe dominante, qui séduit une multitude de femmes de toutes les classes sociales, la présence d'une religieuse, beaucoup de voyages, le viol, le charme et la fascination exercés, au moins un dîner dans la pièce, le défi, la damnation... Libre ensuite aux auteurs de modifier ces éléments à leur guise.

De ce point de vue, Don Juan est un mythe : son histoire ne peut prétendre être morale, mais elle résume une tendance de l'esprit humain, la révolte contre l'ordre établi et la volonté de lui lancer un défi.

Une forme théâtrale basée sur la rupture.

- Molière respecte peu les **trois unités** dans sa pièce. Les fréquents déplacements des personnages rendent impossible le respect de l'unité de lieu ; l'unité de temps n'est pas respectée car l'action se déroule environ en trente-six heures, à divers moments de la journée. Quant à l'unité d'action, Molière ne la respecte plus beaucoup : chaque acte, chaque scène parfois a sa propre unité, raconte une histoire quasi indépendante (l'acte II; la scène du Pauvre) À tel point que certaines scènes ont pu être censurées entièrement sans que la pièce perde de sa valeur ni de sa logique.
- Au niveau des registres et des genres, ils sont très variés, ajoutant à la confusion de l'ensemble. On peut déjà citer les principaux. **Le tragique** est le fait surtout du personnage d'Elvire, et on le retrouve souvent chez Dom Juan. **La tragicomédie** apparaît de façon très claire dans les scènes avec Dom Carlos (III, 3-4; V, 3). **La pastorale** (acte II) évoque des campagnards vivant dans une nature idyllique. **La comédie sérieuse** marque les rapports entre Dom Juan et Sganarelle. **La farce** marque le jeu de Sganarelle. **Le burlesque** est également présent à travers Sganarelle. Ajoutons à cela le rôle des **machines (deus ex-machina, l'intervention divine); mais aussi les changements de décor).**

- À quoi tient donc **l'unité de la pièce**, au final ? Car tout entière en ruptures et en ambiguïtés, elle est bien loin de ce que préconisent les règles du théâtre classique. C'est une **pièce baroque.** Deux éléments cependant assurent une continuité, constituent des fils directeurs :
- Le combat Dom Juan/Sganarelle d'abord. Finalement le premier est vaincu, mais Sganarelle n'est pas vainqueur pour autant.
- La dialectique avertissement/châtiment. C'est le fil directeur de la pièce. Tous les personnages,
- Sganarelle en tête, ne cessent d'avertir Dom Juan de ce qui l'attend.

Dans la même collection en numérique

Les Misérables

Le messager d'Athènes

Candide

L'Etranger

Rhinocéros

Antigone

Le père Goriot

La Peste

Balzac et la petite tailleuse chinoise

Le Roi Arthur

L'Avare

Pierre et Jean

L'Homme qui a séduit le soleil

Alcools

L'Affaire Caïus

La gloire de mon père

L'Ordinatueur

Le médecin malgré lui

La rivière à l'envers - Tomek

Le Journal d'Anne Frank

Le monde perdu

Le royaume de Kensuké

Un Sac De Billes

Baby-sitter blues

Le fantôme de maître Guillemin

Trois contes

Kamo, l'agence Babel

Le Garçon en pyjama rayé

Les Contemplations

Escadrille 80

Inconnu à cette adresse

La controverse de Valladolid

Les Vilains petits canards

Une partie de campagne

Cahier d'un retour au pays natal

Dora Bruder

L'Enfant et la rivière

Moderato Cantabile

Alice au pays des merveilles

Le faucon déniché

Une vie

Chronique des Indiens Guayaki

Je voudrais que quelqu'un m'attende quelque part

La nuit de Valognes

Œdipe

Disparition Programmée

Education européenne

L'auberge rouge

L'Illiade

Le voyage de Monsieur Perrichon

Lucrèce Borgia

Paul et Virginie

Ursule Mirouët

Discours sur les fondements de l'inégalité

L'adversaire

La petite Fadette

La prochaine fois

Le blé en herbe

Le Mystère de la Chambre Jaune

Les Hauts des Hurlevent

Les perses

Mondo et autres histoires

Vingt mille lieues sous les mers

99 francs

Arria Marcella

Chante Luna

Emile, ou de l'éducation

Histoires extraordinaires

L'homme invisible

La bibliothécaire

La cicatrice

La croix des pauvres

La fille du capitaine

Le Crime de l'Orient-Express

Le Faucon malté

Le hussard sur le toit

Le Livre dont vous êtes la victime

Les cinq écus de Bretagne

No pasarán, le jeu

Quand j'avais cinq ans je m'ai tué

Si tu veux être mon amie

Tristan et Iseult

Une bouteille dans la mer de Gaza

Cent ans de solitude

Contes à l'envers

Contes et nouvelles en vers

Dalva

Jean de Florette

L'homme qui voulait être heureux

L'île mystérieuse

La Dame aux camélias

La petite sirène

La planète des singes

La Religieuse

1984 A l'Ouest rien de nouveau

Aliocha

Andromaque

Au bonheur des dames

Bel ami

Bérénice

Caligula

Cannibale

Carmen

Chronique d'une mort annoncée
Contes des frères Grimm
Cyrano de Bergerac
Des souris et des hommes
Deux ans de vacances
Dom Juan
Electre
En attendant Godot
Enfance
Eugénie Grandet
Fahrenheit 451
Fin de partie
Frankenstein
Gargantua
Germinal
Hamlet
Horace
Huis Clos
Jacques le fataliste
Jane Eyre
Knock
L'homme qui rit
La Bête humaine
La Cantatrice Chauve
La chartreuse de Parme
La cousine Bette
La Curée
La Farce de Maitre Pathelin
La ferme des animaux
La guerre de Troie n'aura pas lieu
La leçon
La Machine Infernale
La métamorphose
La mort du roi Tsongor
La nuit des temps
La nuit du renard
La Parure

La peau de chagrin

La Petite Fille de Monsieur Linh

La Photo qui tue

La Plage d'Ostende

La princesse de Clèves

La promesse de l'aube

La Vénus d'Ille

La vie devant soi

L'alchimiste

L'Amant

L'Ami retrouvé

L'appel de la forêt

L'assassin habite au 21

L'assommoir

L'attentat

L'attrape-coeurs

Le Bal

Le Barbier de Séville

Le Bourgeois Gentilhomme

Le Capitaine Fracasse

Le chat noir

Le chien des Baskerville

Le Cid

Le Colonel Chabert

Le Comte de Monte-Cristo

Le dernier jour d'un condamné

Le diable au corps

Le Grand Meaulnes

Le Grand Troupeau

Le Horla

Le jeu de l'amour et du hasard

Le Joueur d'échecs

Le Lion

Le liseur

Le malade imaginaire

Le Mariage de Figaro

Le meilleur des mondes

Le Monde comme il va

Le Parfum

Le Passeur

Le Petit Prince

Le pianiste

Le Prince

Le Roman de la momie

Le Roman de Renart

Le Rouge et le Noir

Le Soleil des Scortas

Le Tartuffe

Le vieux qui lisait des romans d'amour

L'Ecole des Femmes

L'Ecume Des Jours

Les Bonnes

Les Caprices de Marianne

Les cerfs-volants de Kaboul

Les contes de la Bécasse

Les dix petits nègres

Les femmes savantes

Les fourberies de Scapin

Les Justes

Les Lettres Persanes

Les liaisons dangereuses

Les Métamorphoses

Les Mouches

Les Trois mousquetaires

L'étrange cas du Dr Jekyll et de Mr Hyde

L'Ile Au Trésor

L'île des esclaves

L'illusion comique

L'Ingénu

L'Odyssée

L'Ombre du vent

Lorenzaccio

Madame Bovary

Manon Lescaut

Micromégas

Mon ami Frédéric

Mon bel oranger

Nana

Ne tirez pas sur l'oiseau moqueur

Notre-Dame de Paris

Oliver twist

On ne badine pas avec l'amour

Oscar et la dame rose

Pantagruel

Le Misanthrope

Perceval ou le conte du Graal

Phèdre

Ravage

Roméo et Juliette

Ruy Blas

Sa Majesté des Mouches

Si c'est un homme

Stupeur et tremblements

Supplément au voyage de Bougainville

Tanguy

Thérèse Desqueyroux

Thérèse Raquin

Ubu Roi

Un Barrage contre le Pacifique

Un long dimanche de fiançailles

Un secret

Vendredi ou la vie sauvage

Vipère au poing

Voyage au bout de la nuit

Voyage au centre de la terre

Yvain ou le Chevalier au lion

Zadig

À propos de la collection

La série FichesdeLecture.com offre des contenus éducatifs aux étudiants et aux professeurs tels que : des résumés, des analyses littéraires, des questionnaires et des commentaires sur la littérature moderne et classique. Nos documents sont prévus comme des compléments à la lecture des oeuvres originales et aide les étudiants à comprendre la littérature.

Fondé en 2001, notre site FichesdeLectures.com s'est développé très rapidement et propose désormais plus de 2500 documents directement téléchargeables en ligne, devenant ainsi le premier site d'analyses littéraires en ligne de langue française.

FichesdeLecture est partenaire du Ministère de l'Education du Luxembourg depuis 2009.

Plus d'informations sur www.fichesdelecture.com

© FichesDeLecture.com
Tous droits réservés
www.fichesdelecture.com

ISBN: 978-2-511-02780-6

Notes :